Pour Amelia et el viejo.

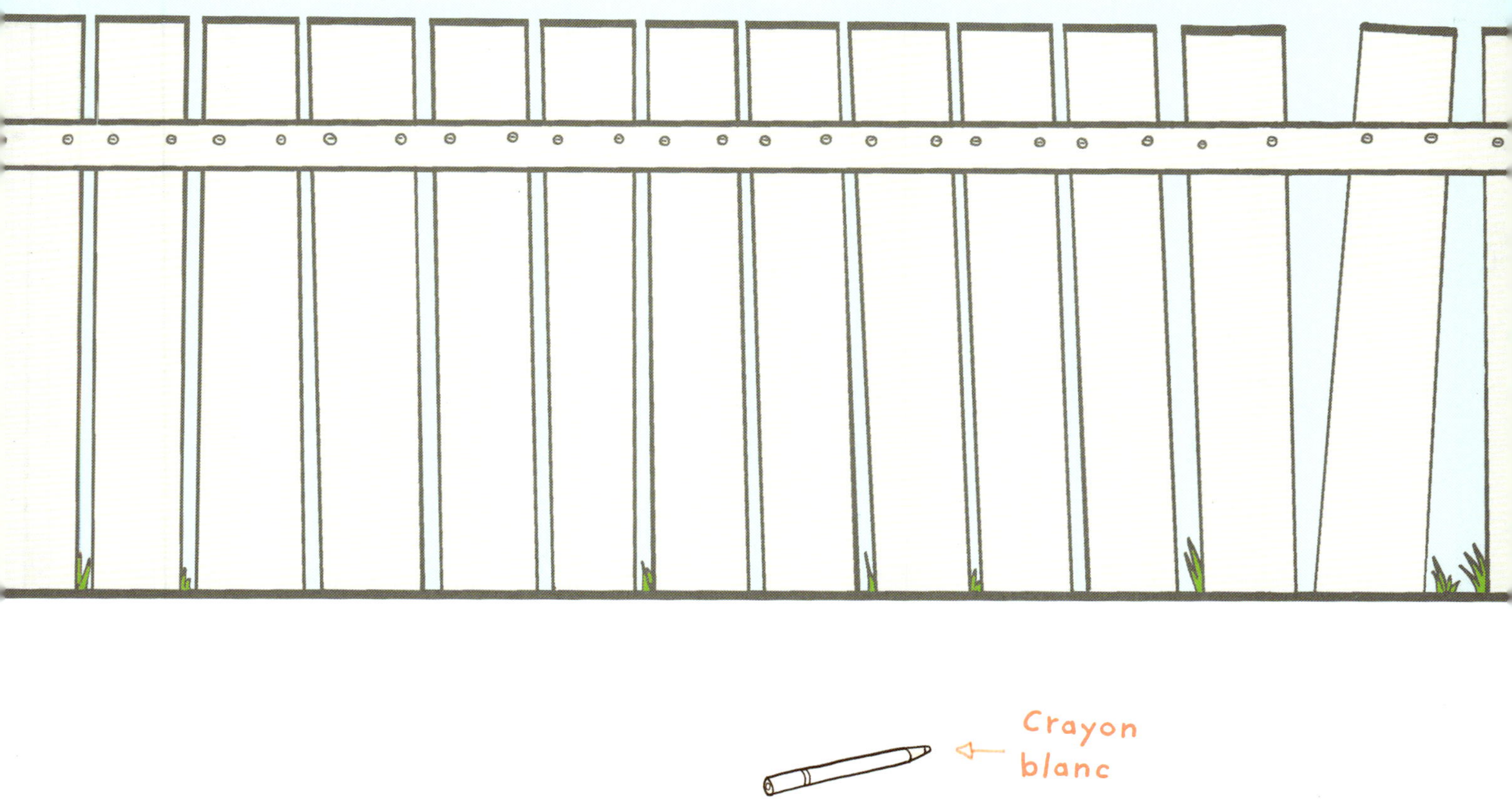

Kennes
Éditeur
de coups de cœur

Retrouvez-nous sur www.kenneseditions.com

Rejoignez-nous sur notre page Facebook : www.facebook.com/KennesEditions

Suivez-nous sur notre compte Instagram : kenneseditions

Publié avec les autorisations des Éditions Les Malins inc.,
Montréal, Québec, Canada

Rue de la Blanche Borne 15
6280 Gerpinnes (Loverval) – Belgique

Dépôt légal : juin 2021 | D/2021/13.105/109
ISBN 978-2-3807-5436-0 | NUART 59-3183-6

Imprimé en Belgique sur les presses de Delabie

Certifié PEFC
Ce produit est issu de forêts gérées durablement et de sources contrôlées
PEFC
PEFC/07-31-234
www.pefc.org

Cara Carmina

Pauline

(la lapine sans queue)

Kennes
jeunesse

INFORMATIONS IMPORTANTES À PROPOS DES LAPINS QUE TU DOIS CONNAÎTRE AVANT DE LIRE CE LIVRE

Tu tiens entre tes mains l'histoire d'une petite lapine qui s'appelle Pauline.
Avant de commencer, voici quelques informations importantes au sujet des lapins.

La plupart des lapins ressemblent à ceci :

C'est vrai, les lapins sont tous très semblables. Mais on peut quand même remarquer des différences chez l'un ou l'autre. Regardons-les ensemble :

Certains lapins ont des oreilles très droites. D'autres, des oreilles tombantes. Certains lapins sont tout pelucheux, tandis que d'autres ont le poil ras.

Les lapins les plus actifs bondissent sans arrêt. D'autres restent très calmes.

Presque tous les lapins se nourrissent de carottes. Quelques-uns se régalent (mot savant pour dire qu'on aime beaucoup manger quelque chose) plutôt de céleri et de laitue.

Tous les lapins possèdent une
queue blanche touffue.

Tous, sauf une petite lapine : Pauline.
En effet, Pauline est née sans queue !

Pauline est la dernière d'une famille de quatre lapins. Le jour de sa naissance, elle ressemblait à une boule de coton rose, parfaitement ronde et très, très petite. Il ne lui manquait qu'une queue !

Pauline est très calme, et parfois timide. Quand quelqu'un vient à la maison, elle se cache derrière son papa. Être la plus petite de la maison ne l'inquiète pas. Mais ne pas avoir de queue la rend parfois triste.

– Maman, pourquoi n’ai-je pas de queue ?

– Je ne sais pas, ma chérie. Mais n’oublie jamais que nos différences nous rendent uniques. Et moi, je t’aime comme tu es !

Pauline aime aller dehors et regarder le ciel en laissant ses yeux suivre les nuages. Elle rêve de sauter très haut pour en attraper un, bien blanc et touffu. Elle s’en ferait une queue, pour être enfin comme tous les autres lapins !

LE PREMIER JOUR D'ÉCOLE

La journée commence tout à fait normalement dans la famille de Pauline.

Pauline est nerveuse. Tu dois savoir que la première journée d'école donne des papillons dans le ventre à la plupart des lapins.

Pauline trouve une place dans l'autobus. Tout à coup, un très grand lapin se place à ses côtés. Il n'a pas l'air gentil, mais alors pas du tout ! Il montre Pauline du doigt et s'écrie :

– Regardez, regardez ! Elle n'a pas de queue ! L'as-tu oubliée ou est-ce le grand méchant loup qui l'a mangée ?

Tout le monde éclate de rire.
« Terrible, comme c'est terrible ! » songe Pauline, honteuse.

Lorsque l'autobus arrive enfin à l'école, Pauline en sort à toute vitesse. Elle trébuche et déboule l'escalier. Son sac à dos vole dans les airs et son contenu se répand par terre. « Terrible, comme c'est terrible ! » pense la petite lapine.

Alors que la pauvre Pauline ramasse le contenu de son sac à dos éparpillé sur le sol, la cloche de l'école sonne. Et tu sais ce que ça veut dire ? Bien sûr, elle est en retard pour le début des cours ! « Terrible, comme c'est terrible ! » se désole Pauline. Affolée, elle en oublie quelque chose de bien précieux derrière elle…

Comme tous les lapins, Pauline adore dessiner. Son crayon blanc est le plus précieux de sa collection, parce qu'il lui permet de dessiner de magnifiques nuages, qui lui rappellent une queue de lapin.

LA CLASSE DE MADAME TOURNESOL

Pauline est vraiment désolée de son retard. Heureusement, son enseignante, madame Tournesol, est très gentille. Elle l'accueille (mot sérieux pour dire qu'elle lui souhaite la bienvenue) dans sa classe et lui demande son nom.

Pauline n'en croit pas ses oreilles : elle reconnaît cette voix ! Malheur ! Le grand lapin grognon est là, assis dans sa classe.

– Silence, ça suffit ! dit madame Tournesol.

PENDANT LA PAUSE PIPI

Lapine triste
Lapines espiègles
Lapine très triste
Miroir
Pas de queue
J'aimerais tellement avoir une queue, comme tous les autres lapins...
Crayon blanc

Après son terrible, terrible premier jour d'école, Pauline n'a pas sommeil et papa s'inquiète. Pauline lui raconte alors les événements de la journée. Elle se sent triste de ne pas avoir de queue et qu'on se soit moqué d'elle, triste aussi d'avoir perdu son crayon blanc, qui était son préféré.
C'est décidé : elle ne retournera pas à l'école !

– Je suis désolé, ma chérie, dit papa. Je te comprends. Mais je suis certain que si tu patientes encore un peu, tout ira mieux bientôt ! Parfois, le temps arrange bien des choses. Laisse le temps aux autres lapins de comprendre à quel point tu es une petite lapine courageuse. Et j'ai si hâte que tu apprennes à lire, pour que je puisse te prêter tous mes livres !

C'est vrai, Pauline aime beaucoup les livres. Il y en a beaucoup dans sa chambre, mais pas comme ceux de papa. Les siens sont pleins d'images, et ceux de papa, pleins de mots. Depuis longtemps déjà, Pauline rêve du jour où elle pourra lire tous ces mots toute seule.

Voilà le grand dilemme (mot savant qui signifie qu'on doit faire un choix) : retourner à l'école pour apprendre à lire ou rester à la maison pour fuir le grand lapin grognon et tous les autres.

Et toi, si tu étais à la place de Pauline, que ferais-tu ?

LE PLAN, EN QUATRE ÉTAPES

Tu as raison, Pauline a décidé de retourner à l'école ! Je savais bien que tu devinerais. Mais cette fois, elle a un plan : tout faire pour passer inaperçue, et cacher le fait qu'elle n'a pas de queue.

Malgré tous ses efforts, les lapins chuchotent sur son passage...

Driiiiiiiiiiiiiiiiing !

– C’est l’heure de la récréation ! annonce madame Tournesol.

Comme elle remarque l’hésitation de Pauline à sortir de la classe, la gentille madame Tournesol souhaite l’aider.

Pauline ne veut pas aller dans la cour d'école.
Elle imagine bien ce qu'il s'y passera : tous les lapins riront d'elle parce qu'elle n'a pas de queue !

Prenant son courage à deux mains, Pauline court très vite afin de trouver un endroit où se cacher.

THÉODORE

Soudain, elle entend des bruits de pas près de sa cachette.
« Terrible, comme c'est terrible ! » pense Pauline, puisqu'elle est certaine qu'il s'agit du grand lapin grognon.

Le lapin qui se tient près d'elle n'a pas l'air grognon du tout. Au contraire, il semble très gentil !

Théodore tend à Pauline son crayon blanc. Celui qu'elle croyait avoir perdu à jamais ! Pauline aime beaucoup dessiner des fleurs, des carottes, des arcs-en-ciel... Mais ce sont les nuages qu'elle préfère ! C'est pourquoi son crayon blanc est le plus important de toute sa boîte, puisqu'avec lui, Pauline dessine plein de nuages.

Pauline ne sait pas comment remercier Théodore. Il est si gentil ! Malgré sa timidité, elle lui fait un câlin. La petite lapine sait qu'elle a maintenant un nouvel ami !

LA GRANDE TRAGÉDIE

Tout à coup, on entend un brouhaha (mot rigolo pour désigner un grand bruit) dans la cour. Pauline et Théodore, alarmés par le bruit, courent voir de quoi il s'agit. Ah oui ! J'ai oublié de te dire, au début de cette histoire, que les lapins sont aussi très, très curieux…

Le ballon de football avec lequel jouaient les petits lapins a volé par-dessus la clôture jusque dans la cour de madame Robillard, la plus méchante lapine de la ville. Même avec tous les « s'il vous plaît » du monde, jamais elle ne rendra le ballon aux élèves.

Aucun doute, il s'agit d'une grande tragédie (grand mot pour parler d'un grand malheur).

Dis-moi, devines-tu qui a lancé
cette affirmation courageuse ?
Tu as raison ! C'est Pauline !

Un grand silence envahit la cour d'école. Tous regardent Pauline.
Mais cette fois, personne ne rit. Au contraire, tout le monde est impressionné !

Pauline se glisse aisément entre les planches de la clôture.

Tu vois ? Être petite et ne pas avoir de queue peut se révéler très utile !

Mais il y a un problème. Le ballon est trop gros ! Impossible de le faire passer entre les planches. Diantre ! (Mot d'adulte pour dire « Zut ! »)
Que faire ?
Le reste de la classe, de l'autre côté de la clôture, lui crie la solution.

– Tu es la plus courageuse des lapines ! s'exclame le grand lapin grognon. Je suis désolé de m'être moqué de toi… Tu veux bien me pardonner et devenir mon amie ?

UN NOUVEAU JOUR D'ÉCOLE

Pauline se réveille très tôt. Cette fois, elle ne pense même plus à passer inaperçue pendant sa journée d'école.
Sans hésiter, elle bondit dans l'autobus. Elle sait que ses nouveaux amis, Théodore et Nicolas, l'attendent avec impatience.

Pauline est vraiment très heureuse de
retrouver Théodore, son nouvel ami !

Avant de dire au revoir à Nicolas, Pauline et Théodore, n'oublie pas une chose très importante : nous sommes tous différents. C'est cela qui rend chacun de nous unique et intéressant !

Dans la même collection

Quand papa n'est pas là
Joris Chamblain - Lucile Thibaudier

La Princesse endormie
Marie-Josée Gauvin - Cara Carmina

Petits géants, Le cœur rouge et or de Nestor
Renee Wilkin - Annie Boulanger

Petits géants, La peau étoilée d'Anicée (à paraître)
Renee Wilkin - Annie Boulanger